KB091855

시 문학
시를 꿈꾸다 4

시를 꿈꾸다 동인 시집

시음사
시사랑음악사랑

"시 문학 시를 꿈꾸다 4" 발간을 축하하며

새삼스레 인연을 생각해본다.
어쩌면 어디선가 한 번쯤 스쳤을
오래전부터 알고 지낸 듯
스스럼없이 다가갈 수 있는
詩, 인연으로 어우러진 만남

시와 글을 사랑하는 마음 하나로
순수한 감성을 꽃피우는
지금, 이 순간

꽃샘바람 불어도
싸늘한 심장은 되지 않으리
우리의 詩, 인연은.

시계 초침은 쉼 없이 돌아갑니다.
어둠이 다하면 밝은 태양이 떠오르듯이 끝이 보이지 않는
긴 터널에 한 줄기 빛이 스며들고 그 빛을 따라 자유로운
일상으로 한발 한발 내딛고 있습니다. 시를 꿈꾸다 문학밴
드를 개설하고 회원들의 식지 않는 열정과 창작 활동으로

시를 꿈꾸다 동인지를 발간하게 되었으며 코로나-19로 2집. 3집 출간에 어려움도 있었으나 힘든 시기를 글로 승화시키며 시심을 나누고 서로에게 따뜻한 위안을 주고 공감하며 꾸준히 시를 쓰는 문우님들 덕분으로 시를 꿈꾸다 4집을 발간하게 되었습니다.

한 편의 시를 쓰기 위해, 적합한 시어 하나를 선택하기 위해 숱한 불면의 밤을 보내며 다듬고 다듬어서 생명력 있는 좋은 글이 완성되듯이 다양한 삶 속에서 39인이 엮은 동인지 "시 문학 시를 꿈꾸다 4"이 한 권의 시집이 희망의 씨앗이 되고 사랑의 열매가 되어 마음 가득 따스한 온기로 피어나길 소망하며 함께한 문우님께 감사드립니다.

시를 꿈꾸다 회원들과 독자 여러분의 가정에 건강과 행복을 기원합니다.

2022년 6월 푸르른 날
시를 꿈꾸다 문학회 회장 임숙희

강석자 **10**
노랑 꽃
햇살 고운 봄날에
서울 둘레길

김기호 **14**
7월 그 꽃에 대한 깊은 성찰
봄의 미학 4
늦겨울 눈빛으로 바라본 세상사

김달수 **19**
조용한 인사
푸른 등불
너의 눈 속에

김미영 **23**
사월의 축복
변함없는 사랑
그리움이 깃들면

김병모 **27**
봄날은 온다.
벚꽃 맞이
바람

김영애 **31**
목련이 필 때마다
너를 생각하며
짝사랑

김인수 **35**
고독은 사랑이다
세월
바람이 불면

김종각 ·········· **39**
단풍 옷을 갈아입고
사랑의 상처는
봄이면 동심으로 가고 싶은 마음

김종익 ·········· **43**
그리운 친구
시가 되지 않는 날
언덕을 오르며

김현도 ·········· **47**
라일락 꽃
민들레 이야기
수레바퀴 삶

김희경 ·········· **51**
비로소
낙엽의 서
유연悠然

김희추 ·········· **56**
두물머리
배롱꽃
뻐꾹새

남궁영희 ·········· **60**
산머루집의 봄
산안개
별을 보는 그대에게

문영수 ·········· **64**
난 폐타이어
오래된 남자의 왕국
명자꽃

박경남 **69**
물안개 피는 겨울 강가
나바론 하늘길을 걷다
엄마의 예술작품

박성금 **73**
여명
유턴
몽돌의 애상

박정기 **77**
흔들리는 나무가 되어
시샘
어머님의 봄

배근익 **82**
절세미인 벚꽃
피리 소리
기다림

서기수 **86**
고향의 아침 풍경
무덤가에 피는 꽃
눈물의 기도

서흥수 **90**
개심사 왕벚꽃 그늘에 서서
홀씨, 바람의 신발을 신고
죽마고우(竹馬故友)

심경숙 **95**
삼악산
홍천 터미널
옷집 앞에서

양영희 ·· **99**
그곳 빈집에는
어항 속 물고기는
먹음직한 이야기를 듣는다

양현기 ·· **104**
그리움
봄꽃
그리움

오필선 ·· **108**
그대라는 이름 하나
봄이 오는 소리
능수버들

오홍태 ·· **112**
면화(棉花)밭 가에서
일몰 앞에서
동백꽃

원대동 ·· **116**
꽃
십자가 곶감
달빛만 남은 碑石(비석)

이만우 ·· **120**
봄 단풍
수수꽃다리(라일락) 향기
야경

이명순 ·· **124**
동굴 속의 여자
그 길에서
목련

이송균 128
거꾸로 바라본 날에
사랑하다가 이별이지만
애원

이종훈 133
할머니의 달빛 자장가
꽃피는 봄날엔
마지막 선물인가요

이현천 137
초승달 1
연탄
한겨울에 꾸는 봄 꿈

이환규 142
낯선 얼굴
달그림자
선물

임숙희 147
불어라 봄바람
내 마음의 노래
따뜻한 커피 한 잔

전숙영 151
연분
볕바라기
기린토월 (전주 10경 중 제1경)

정복훈 ························· **155**
마음이 먼저 그대에게
겨울이 오는 어느 날에
바닷가 사람들

조은주 ························· **159**
나를 꽃이라 불러준 그대
겨울날의 그리움
바람을 떠안다

하은혜 ························· **163**
겨울바다
시와 목련
아카시아꽃

한천희 ························· **167**
달빛에 우는 강
목련
가을이 지는 풍경

홍승우 ························· **172**
butter
그림자로 태양까지의 거리를 재던 시절이 있었다
반하다

강석자

노랑 꽃 외 2편

대전 출생
'인향문단' 문학회 회원
인향문단 동인지 2집 / 시 3편 수록
인향문단 동인지 3집 / 시 3편 수록
하늘과 바람과 별과 시 시화집 / 시 5편 수록
바다와 나비 시화집 / 5편 수록
시를 꿈꾸다 2집 / 시 3편 수록
시를 꿈꾸다 3집 / 시 3편 수록
'시를 꿈꾸다' 문학회 회원
광운대 부동산학 박사

노랑 꽃 / 강석자

헐벗은
나뭇가지에
노란 생강나무 꽃이 피었네

곱다
참
곱다 하였더니

살랑살랑 봄바람에
은근슬쩍
꽃 내음새

햇살 고운 봄날에 / 강석자

햇살 고운 봄날에
늘어지는 기온
하품 하나
몰래 꿀꺽하고 나선 자리에

고운 빛깔 요란한 진달래가
유난히 방글대며
허락된 3월을 다 쓰고는
4월의 짙푸른 청록을 기대한다

볼우물 깊게 팬
순백의 목련을 바라보며
급히 나선 계절에
불어대는 춘풍 타고

긴 목
가냘픈 몸매
바람에 살랑살랑
추파를 던지며
핑크빛 춤을 춘다

어서 오라고
봄의 향연에 빠져 보자고

서울 둘레길 / 강석자

서둘러 봄이 오더니
어느새 벚꽃은 꽃비가 내리고
겨울을 지낸 나목에
연둣빛 올린 여린 잎이
속살같이 보드랍네

도화꽃 만발하여
지나는 길에 들렀다 가라 유혹하고
나그네들은
덩달아 꽃처럼
예쁘게 미소 짓네

철쭉꽃은 수줍은 듯 볼그레
필까 말까 밀당이고
둘레길 걷는 사람들
봄이 좋다
고백하네

▋김기호

7월 그 꽃에 대한 깊은 성철 외 2편

안동 경안고 졸업
대구 수성대 피부건강관리과 재학 중
사상과 문학지 시 부분 등단(서울 마포구)
뉴스 한국기자
유성바른자세 힐링센터 대표
맥향(경북안동)
하주문학회(경북 경산)회원
「시를 꿈꾸다」 문학회 회원

7월 그 꽃에 대한 깊은 성찰 / 김기호

7월을 꽃이라 명명한다
그 꽃은 의미심장한 성찰의 시간
그 찰나에 흩어지는 인연이
아득하다 아늑하다

이제 살아나는 물상에
가치 부여를 하고서
그냥 춤을 춘 감성이
애처로워 상념의 처마 끝에서
흔들리며 사고하는 풍경소리
새벽 미명을 알리는 북소리
그 그윽함에 취해서 비틀거린다

그 꿈의 시절
7월 어느 날에 한밤의 추억
새록새록 살아나
잠에 취하다
추억에 취하다
사랑에 취하다

그 꽃 앞에
무릎을 꿇고서
한참을 기도하고서 일어난다.

봄의 미학 4 / 김기호

한편의 詩를 쓰고
그대를 읽고 있다

그러면 그대가 한편의 詩가 된다

그 꿈의 끝자락에서
팔랑이는 지친 그리움은
무엇인가
초로 같은 인생사

뭐 그리 아쉬울 것도 없이
축 처진 사연들이 하품을 하던
냉소적인 겨울은 가고
이제 18세 소녀 같은
상큼하고 아찔한 미니를 입는 걸 시도해 보며
수줍어하는 봄이 왔다

어차피 그대를 꽉 안으면
숨 막히는 사랑이 삶의 표현 위에
떠올라서 대세처럼 굳어질 거라
확신하는 바이다

한편의 그대를 쓰면
봄이 한편의 詩가 되어서
한 송이 벚꽃으로 피어날 것을
망설이며 기대해 본다.

늦겨울 눈빛으로 바라본 세상사 / 김기호

그대 눈빛 위에 선
늦은 겨울이 낯설다

차가운 공간을 장악한
짙은 고독이
세월의 처마 끝에서
꽁꽁 얼어서
미어터져 있다

미제로 남겨진
이름 모를 그리움이
흰 눈 쌓이는
이 공간 안에
수북이 쌓여있다

힘을 잃은 겨울 햇살이
맥을 놓고서 늘어져 있다

산다는 게
그래도
따뜻한 거라 주장한 겨울이
힘을 잃고서
봄으로 가는 입구를 찾아
부지런히 움직이고 있다.

█김달수

조용한 인사 외 2편

양구 거주
한국문학 시 등단
시를 꿈꾸다 문학회 회원
두매화훼 농장 대표

조용한 인사 / 김달수

잔 나뭇가지 부서지는 바람결
가득히 흩어져 오는 별빛
소중한 곳에서 소중한 빛으로
깊은 사색에 물들고 초로의 푸른 생명에 안긴
촉촉한 눈망울 가시 같은 상처마다
달려드는 시간들을 위해 존재와 가치를 승화 시킨
축소된 안녕 이란
준비된 인사로 한걸음 가까이
인사를 보낸다

아침 속에 열리는 모든 것들 속에
기꺼이 몰아치던 겨울비도
중심 잃은 허리를 굽히며 구석진
골목을 치우며 가끔 뒤돌아보는
풀 죽은 몸짓에 손을 흔들며
봄이 쏟아져 오고 있다

이상에 겨운 흘림으로 육중히
다가서는 그림자마다
끄적이던 날들의 이야기가
가만히 벽을 허물며 내게 전하는
조용한 인사는 어느 세찬 소용돌이 속에
찢기며 수련된
고귀한 그 한마디 이름 없는
빛들의 광란이었다.

푸른 등불 / 김달수

서툰 감성 줄기 속에 내리는
저 아름다움을 품고
흘러가는 물결 위로 솔향기
가득히 밀린 푸른 생명줄

사랑의 밝은 빛 연가로 스치는
봄바람이 넘실대는 저 고운
산과 들은 어쩌라고 저토록
곱기만 할까

온종일 하늘빛이 그리움을 터트리며
바람마저 비어버린 공간들의 이야기가
푸르게 피어나고
주섬주섬
서툰 몸짓으로 하루를
털고 있다.

너의 눈 속에 / 김달수

어둠 속에 내리는 너를
바라보다 달빛에 눌린
어스름한 들판 위를 빠져가는
네 모습을 본다

형체 없는 옷자락에 내리던
떨리는 선율의 곡선 따라 깊어간 시간
어둠을 퍼내는 가로등 빛이
바람에 밀릴 듯 자리를
떠나려 한다

저마다의 오묘함이 무르익어
길을 떠나고 너의 눈빛에 잠긴
정체된 사고로 길을 찾는 공간
사방의 현란한 빛 속에 가려진
줄기 따라 모여든
기억이 아득하게 밀려든다

▌김미영

사월의 축복 외 2편

서울 출생
(사)창작문학예술인협의회 회원
대한문인협회 서울지회 정회원
[강건 문학] 정회원 계간 참여 작가
(사)글로벌 작가협회 서울 지부장
저서 / 제 1집 『당신은 늘 그리움이었어』 출간
[시를 꿈꾸다] 문학회 운영위원
"시를 꿈꾸다" 동인지

사월의 축복 / 김미영

아쉬움으로 남았던 삼월은
잠시지만 빈 가슴 부여안았지
그대의 한마디에
거짓말처럼 밝아진 세상

사월 문이 열리면서
새로운 출발을 하는 날
높은 곳에 우뚝 서기를
바라는 마음

하늘도 이미 그대에게
축복을 해주었을 것이기에
자유롭게 손이 닿아 있는
하늘과 약속

그대는 사랑이죠.

변함없는 사랑 / 김미영

백 리 길이 멀어도 볼 수만 있다면
아무리 먼 곳에 있다 해도 그대 찾아가리
절절한 마음 다독여 봐도 고개 내미는 그리움
현세에 참사람을 만나 사랑을 하니

백 년도 한순간에 흘러가리라
아직 해맑은 우리 사랑은
절실한 마음 담아 바라보는 그 눈엔
현재도 미래도 변함없는 마음 함께하기.

그리움이 깃들면 / 김미영

"제니"

하고 부르는 소리에
아련해지는 마음
뒤돌아보면 있을 것 같아
가던 길 멈추니

아득한 그리움의 그림자가
길게 드리운 채
나를 바라보고 있었다
해맑은 얼굴로

손을 잡으며
괜찮아 함께하는 날들에
우린 그렇게 서로 그리움으로
사랑 슬픔 기쁨 행복으로 가는 거야.

▌김병모

봄날은 온다. 외 2편

계간 〈시학과 시〉 2021년 봄 시부분 신인문학상
한밭시인선 시집 〈아람과 똘기〉
마운틴 TV 「시공간」 프로 '시' 부분 방영
계간 동인 시집 〈운율과 마실〉, 〈시혼 문학〉, 〈시학과 시〉
〈시를 꿈꾸다〉 등 게재
고려대 일반대학원 교육학 박사, 전 고려대(안암) 겸임교수
신세계문학회 운영위원, 시혼문학회 이사, 시학과시 작가회 이사
저서 공저, 〈학교중심의 교육행정및 교육경영〉 외 다수 공역
〈좋은 학교, 좋은 정책〉

봄날은 온다. / 김병모

옆 마을 꽃길 따라 너울너울
느티나무 고목에도 새잎 돋아나고
마음은 봄날이다.

앞산 뒷산에도 산수유 생강나무 꽃이 흐드러지고
새소리 개울물 소리에 한 걸음 더 들어서니
꽃비가 내리고 시간이 멈춘다.

어느덧 노랑 생강나무 꽃향기에
암술과 수술 오가며
사랑을 나르는 가시애꽃벌들

산수유도 뒤질세라
노랑 꽃술이 처녀 귀걸이 되어
봄날은 온다.

벚꽃 맞이 / 김병모

달빛 아래 만개한 벚꽃
테미공원으로 가는 길목마다
흐드러지게 피었다.

손에 손잡은 연인들
셀카봉 틈새로 몸을 날리고
길목마다 뻥튀기 매달아 놓은 듯 벚꽃 사이로 걷는다.

하늘을 우러러 고개를 젖히니
벚꽃으로 커튼치고
달빛으로 맞이한다.

벚꽃이 활짝 핀 저녁
짝짝이 사랑
연인들로 가득하다.

바람 / 김병모

맨땅의 찬 기운을 뚫고
살포시 햇살 맞으며
속살 보이듯 잎들이 파릇파릇

다음 날
청금(淸錦) 색으로 물 드린 초롱이 같은 꽃이
군락지를 이루고

그다음 날
모이 쪼아 먹는 새들처럼
옹기종기 짝지어 늘어선 꽃이 되었다.

어느 날
현호색(玄胡索)을 넘어 지나치는데
예쁜 꽃은 자주 봐주어야 한단다.

마음에 점만 찍고 언덕배기에 올라
그 꽃만 한없이 바라보았다.
다음 해에도 또다시 함께 볼 수 있기를

▋김영애

목련이 필 때마다 외 2편

시학과 시 2021년 신인상 수상
시학과 시 작가회 회원
「시를 꿈꾸다」 문학회 회원

목련이 필 때마다 / 김영애

해마다 사월은 돌아오고
목련은 올해도
하얗게 꽃망울을 터뜨린다

잎새도 없이
청순하게 피어난
너를 보고

아주 오래전 스쳐간
풋사랑이 생각나고

부치지 못한 편지를
꺼내 보며

부르고 싶은 노래 하나 있어
목련꽃 나무 아래서
조용히 노래 부른다.

너를 생각하며 / 김영애

기억 속 너의
천진하게 웃는 모습
오늘따라 아프다

스무 살의 우리
사랑을 알았을까

서로 만나면
저절로 웃음 짓고

함께 밥을 먹고
함께 차를 마시고
함께 걷던

소소한 일상이
이제는 그리움

너를 생각하며
무심코 바라본 밤하늘

저 달 속에
활짝 웃는 네가 있다.

33

짝사랑 / 김영애

해와 달과 별도
내 마음 모른다

그대를 향한 이 마음

상사화처럼 붉어져 가는
부끄러운 내 마음

고백하고 싶지만
친구도 못될까 봐
애태우는 심정

얼굴이 화끈거리고
심장이 콩닥콩닥 뛰고

그 애 앞에 서면
고장 난 내 심장

세월이 흘러 중년이 되니
소녀에서 여인이 되는
시간임을 알았네.

▌김인수

고독은 사랑이다 외 2편

(사)창작문학예술인협의회 회원
대한문인협회 정회원
대한문학세계 신인문학상 수상
문학 어울림 정회원
글벗 문학회 정회원
청일문학문인협회 정회원
시를 꿈꾸다 문학회 정회원
안산시낭송협회 부회장
한국문인협회 안산지부 이사
詩가 흐르는 서울낭송회 부회장
한국가을문학 편집위원
한반도문학 홍보부장
전국 공모전 및 백일장 다수 입상
안산 '편지' 카페지기

고독은 사랑이다 / 김인수

고독하지 않은 이 어디 있으리.
행복하다 하는 이도 다 고독하거늘
주어진 삶에서
누구나 느끼는 감정이다

사랑한다고 말하고서
잔잔한 물결처럼 너울대다가

고독함이
슬픔이
외로움이
또한 사랑이
성난 파도 되어 밀려오듯이

어쩌면
고독과 사랑은
마음에서
가슴에서
행복함에서
밀물처럼 다가와
마음의 바다에 영원을 채우는 것이다

세월 / 김인수

붙잡을 수만 있다면
소리 없이 흐르는 시간을
밧줄에 꽁꽁 묶어 가두어 놓고 싶다

지나온 발자취
비바람에 흩어져 흔적도 없는데
스쳐 지나가는 바람 소리에 뒤돌아보니
나이테만 동그랗게 그려져 있다

젊은 날의 시간은
기억 저편에서 아스라이
희미한 불빛처럼 깜박거리고
피라미드처럼 좁아져 가는
인생길에서
내 발걸음은 더디기만 하구나

오늘도
세월의 언저리에서
동그랗게 원을 그린다.

바람이 불면 / 김인수

바람이 불면
내 마음은
불어오는 바람 따라 떠나고 싶다

나뭇가지 사이로 바람이 불면
잊혀간 그리움 찾아 떠나고 싶다

바람이 불면 떨어지는 낙엽은
추억의 편지처럼 쌓여만 가고
흘러가는 구름은
지나간 세월 같구나

바람아
너는 내 마음 알겠지
나의 발자취를

구름아
너도 내 마음 알 거야
지나온 세월을

바람이 불면 떠나고 싶다
또 다른 추억으로

김종각

단풍 옷을 갈아입고 외 2편

경기 시흥시 거주
대한문학세계 시 부문 등단
(사)창작문학예술인협의회 회원
대한문인협회 경기지회 정회원
시를 꿈꾸다 문학회 회원
시의 뜨락 오선 위를 걷다 회원
문학어울림 회원
안산 시낭송 예술인협회 회원
(사)한국문인협회안산지부 회원

단풍 옷을 갈아입고 / 김종각

햇빛 비추는 들녘
익어 가는 가지마다 토실토실하게
보석을 매달아 놓고
대롱대롱 그네를 타는 모습이
이쁘게도 생겼구나

국화향 짙어지고 넋 나간 얼굴로
흐르는 잔잔한 강물을 바라만 보고 있으면
어느새 땅거미 내려앉아 깊어만 가고 있구나

마음은 그대로인 것을
청춘의 뒤를 따라 중년도 가려나
황혼도 서걱서걱 다가오는 걸 보면
세월 앞에 물들어 가는 걸 알 수 있구나

부엉새 우는 은하수 빛나는 달밤에 이슬에 젖어
갈 바람 속에 자수를 놓고 동트는 저 산야도
빨 주 노랑 물들어 가을도 단풍의 옷을 입고
화려했던 꽃들은 시들어 가는구나

사랑의 상처는 / 김종각

단둘이 사랑을 약속해놓고 부서진
파도처럼 쓸쓸히 슬픔만 남기고
가버린 그대가 없는 빈자리엔
야속한 그리움이 가득할 뿐이다

거친 바다 위를 날다 황혼이 지면
애처로운 갈매기 울음소리에
슬피 울며 내 속을 파헤쳐 놓는구나

달밤의 별빛과 그림자는 아는가
붉게 익은 태양은 서산을 넘어
어둠이 짙어지면 남는 건
아리고 쓰라린 그림자 같구나

이것이 사랑의 상처인가

봄이면 동심으로 가고 싶은 마음 / 김종각

영산홍꽃 물들어
새색시 시집을 가는지
새들은 노래하고 뜨락의 정원마다
화르르 생명은 피어난다

한낮에 소리 내어 외치면
아지랑이 춤추는 메아리는
화음이 되고 희망의 노래가 되어
언저리에 울려 퍼진다

새봄이 찾아오면
싱그러운 햇살 비추는 설레는 마음은
초원을 말없이 걸으며
동심으로 돌아가고 싶구나

회색빛 거리는 연둣빛 물들이고
푸르름을 감출 수 없는 이 마음은
시인의 감성처럼 내 마음 설레게 한다.

▌김종익

그리운 친구 외 2편

강원도 인제 출생
한남대학교 식품영양학과 명예교수
문예연구 시 신인상(2005년) 등단
오정문학, 시삶문학, 장로문학 동인
시를 꿈꾸다 문학회 회원
시집 「길이 길을 묻는다」, 「폭포도 길이다」

그리운 친구 / 김종익

초록빛 시간 여행은
그리운 눈물이 된다

따뜻한 고구마로
허기진 슬픔을
달래주던 친구

억새 풀 노래하는
산들바람에 네 소식 물어도
고개만 살래살래 젓는다

냇물에 떠내려온 보름달에
소식 전해달라고
사연 적어 보낸다

좋아한다고
수줍어 말 못 하고
오래오래
가슴앓이만 했다고

시가 되지 않는 날 / 김종익

시가 잘되지 않는 날
울창한 계곡으로 들어갔다
풀꽃, 나무, 다람쥐와 개울물 소리는
이웃 누이처럼 고운 시였다

하얀 종이에 그녀의 얼굴을 그렸다
시는 어디로 달아나고 낙서와 넋두리만 남았다

사라진 시를 찾아다니다가 억새밭에 누웠다
소슬바람에 숨어 있던 시들이
잔잔한 물결로 일렁거렸다

억새가 되기로 했다
언젠가 뛰어난 시인이 나를 원고지에 옮겨
한 편의 시가 되기를 꿈꾸었다

나는 점점 시가 되어가고 있었다

언덕을 오르며 / 김종익

유년의 언덕 오르면
퉁가리는 고요한 강물
빨갛게 휘저어 놓는다
저녁연기 모락모락 오르는
초가집이 나를 반긴다

저녁 햇살에
물안개 오락가락
샘터 늙은 정자나무
나이를 잊었다

하얀 저고리 까만 치마
큰 눈망울 그녀에게
부끄러워 말하지 못한
좋아한다는 그 말이

오늘
울고 싶은
그리움이다

▊김현도

라일락 꽃 외 2편

경상북도 영주 출생
대한문학세계 시 부문 등단
대한문인협회 정회원
대한문인협회 경남지회 (전) 지회장
대한문인협회 경남지회 동인문집 『시의 씨앗이 움틀 때』
시를 꿈꾸다 동인문집 『시를 꿈꾸다1』
시를 꿈꾸다 문학회 회원

라일락 꽃 / 김현도

앙증스런 당신 모습

당신 향기는

봄날

춘 객들의 마음을

사로잡고

복스런 당신 모습에

그들은 발길을 멈추고

당신만 바라보았지요

그대도

내가 마음에 드는지

예쁜 미소를 보내주었구요

그대여

사랑합니다

아름다운 당신을

사랑합니다

나의 첫사랑 같은 당신을···

＊ 라일락 꽃의 꽃말은 첫사랑입니다

민들레 이야기 / 김현도

봄날
네가 세상에 올 땐
모두가 반가워 기뻐 웃었지
네가 세상 살아갈 땐
비바람 온몸으로 맞으며
아름답던 그 모습은
세상 풍파 시달리며 살았고
사연 없는
꽃이 어디 있던가
이제는
흰머리 풀고
하늘 가는 날 되었구나
곱고 고운 모습
고이 간직하고
어느 날
하늘 천사 되는
꿈꾸며 살아가려무나.

수레바퀴 삶 / 김현도

얼마나 걸어왔을까
꽃 핀 들 길도 걸었고
잠시 쉬었다 가련다
주막집 막걸리 한 사발에
여행길 피곤함이 녹아내리고
오늘은 이곳에서
주모의 노랫가락 들으며
내일 걱정을 봇짐 속에 넣어둔다
길을 나선다
그 길이 들길이던지
꽃길이던지
인생 봇짐 지고 떠나자
세월 강은 말없이
오늘도 저 하늘 구름 길 따라
흐르고
이 길 끝은 어디쯤일까

▌김희경

비로소 외 2편

부산 거주
대한문학세계 시 부문 등단
(사)창작문학예술인협의회 회원
대한문인협회 부산지회 정회원
시를 꿈꾸다 문학회 회원

비로소 / 김희경

반복을 쓰려다
번복을 쓰고 말았다

실수라고 말하려다
실소할 뻔했다

끌어오려고 용을 쓰다
꿇어야 함을 배워야 했다

발설을 내밀어보려다
벌 설에 울고 말았다

전진을 외치려다
적진에 발목 잡혔다

뒤를 흐리지 않으려다
앞을 놓치고 말았다

허둥대다가 허둥대다가
내 일생 허허둥둥 떠밀리고야 말았다

52

이편을 헤매다가
저 편이 얼마나 가까운지 알았다

참나를 뒤적이다가
나 참! 한심스러웠다

한심의 욕심을 내려놓고서야 비로소
한 섬이 보였다

낙엽의 서 / 김희경

숨이야 가빠지면
때가 왔나 할 터이지요
말 못 하는 심정도 숙연해져
여기까지인가 할 터이지요
심중이야 어느 누가 헤아릴까 싶다마는
설움조차 찬란으로 스쳐옵니다
길은 참 모질었는데
생은 참 질퍽했는데
사랑만은 후회 없이 하고팠는데
서툰 생 생각하니 모자람도 퍽 좋았네요
떠난 자리 잊히더라도
욕되지 않았기만 소망합니다
다음 분께 한자리 내어줄 수 있어서
그나마 남길 게 있어 다행입니다
온 마음 씻어 그 정한 넋 하나 걸어둡니다
데려가시는 분
무겁지 않으시기만 바랍니다
감사했습니다 일생

유연悠然 / 김희경

결절 마디를 사포로 갈아볼까요
뻣뻣한 마음을 절개해 도려낼까요
도드라진 심보 수십 개가 아리는 것에
잘 드는 진통제는 무엇인가요 약사님?
지렁이는 뼈를 언제부터 잃었을까요?
온몸이 붉도록 뼈를 녹이는 시간의 진화였나요?

파열음이 노래를 합니다
고막이 싫다고 하기 전에 미간이 저리고
붉어지는 것은 녹이는 것이 아니라
돋우듯 숨이 차오릅니다
습관적 관성인지요 과학자님?

저녁이 와서야
왜 지렁이가 흙의 아래에서
유연히 움직이는지를 알듯도 합니다

어느 겨울밤 꿈에서요
낮은 곳 마다에서 돋는 빛을 보았어요
깊은 향기를 조제하고 있다고 했어요
감내하는 향기의 언어의 관성이 공명이라고 했어요

얼어붙은 곳 아래에 여미는 물의 결이 있었어요
바람에도 기꺼운 씨앗님들의 시간을
사랑하고 있었어요 하느님은요

▌김희추

두물머리 외 2편

2021 서정문학 시부문 등단
한국문인협회 회원
서정문학 운영위원
진도문인협회 회원
시를 꿈꾸다 문학회 회원
효경 실버홈 대표
공저: 한국대표서정시선 12 외 다수

두물머리 / 김희추

뱃길은 끊겨도 강은 흐르고
초라한 표지석 한 편
잡초 무성한 갈대숲 늪지에
사공 잃은 노쇠한 나룻배는
번성했던 애환을 켜켜이 간직하고
밧줄에 목이 메인 채
강물에 남은 생을 맡긴 듯
잔물결에도 힘에 겨운 모습이다

다가가면 금방이라도
산들바람 은빛 윤슬 속으로
흰 물결 가르며
자드락길 빤히 보이는
강 건너 산골마을 뜨막한 곳으로
길손을 태우고 갈
채비를 갖추고 누군가를
눈여겨 기다리는 듯싶다

배롱꽃 / 김희추

초록이 완연한 틈새를 비집고
홍자빛 얼굴, 화려하게 치장한 맵시
석 달 열흘 농염한 자태의 고혹함이
더위를 잊게 하기에 부족함이 없다

매끄러운 몸매에 거침없는 곡선은
청렴과 무욕의 표상인 것을
과유불급의 고상한 기품에
안방마님의 오해이실까

대갓집 안 마당은 못 차지해도
청운의 부귀를 꿈꾸는
온전한 군자의 삼락이며
매화와 더불어 선비의 상징이려다

긴 여름 무더위 속에서
정진과 수행을 마치고 돌아가는 날
나도 마침내 여름이 지나갔음을
꽃 진 자국에서 깨닫게 되겠지

뻐꾹새 / 김희추

연황색 감꽃 떨어지고
청보리 배동바지 무렵이면
샘 골재 뻐꾹새 울음소리
남실바람에 연초록 물결 타고
고샅길에 찾아든다

심금을 울리는 가련한 울음소리는
종달이 집에 탁란을 못 잊어
우수에 찬 비루의 몸부림이라니
생애에 둥지를 틀지 않는
게으른 습성은 있을지언정
새끼를 둔 어미의 마음은
어느 무리에나 매한가진 모양이다

뻐꾹뻐꾹 꾸−꾸르룩 뻐꾹
달짝한 보리피리 자근 거리며
밀짚에 꿴 감꽃 목걸이 걸고
옛살라비 추억 속으로
뻐꾹새 슬픈 샘 골재 넘어가자

▋남궁영희

산머루집의 봄 외 2편

상명대 사범대 졸업
기독교 문예 시부문 신인상 수상(2015년)
한국기독교작가협회 정회원
선진문학작가협회 회원
현인문학 작가협회 회원
시를 꿈꾸다 문학회 회원
충청신문 작품 연재
선진문학뉴스 작품 연재

산머루집의 봄 / 남궁영희

며칠째 남풍이 실어 온 햇살 받아먹고
보슬보슬 빗줄기 젖줄 삼은 사과나무
바람의 간지럼에 하얀 향기 피워내니

산비탈의 어린나무 가지 끝이 벌렁벌렁
마침내 푸른 눈떠 새순으로 반짝이니
연둣빛 향연이 온산에 펼쳐지네

하늘 초원 몽실몽실 양떼구름 흐르고
잣나무 허리춤 청설모 발짓 따라
종달새 높이 올라 노래하고

울타리에 발 얹은 산머루 덩쿨마다
추억의 알갱이 생의 마디 송아리 이루니
至難(지난)한 겨울 언덕 넘어온 여인 있어
세월의 뜨락을 거닐며 미소 짓네

산안개 / 남궁영희

깊은 산에 들어가 본 사람은 안다
산에는 나무와 꽃들만 살고 있는 것이 아님을

그곳에 살고 있는 모든 것들이
새벽마다 하얀 라르고로 오른다

작은 둥지에서 알을 낳는 산새의 날갯짓과
몸을 비비고 바위틈에 들어간 노루의 산고
요새 삼은 바위산 위로 유영하는 독수리의 한낮과
진주 이슬로 몸 닦은 자작나무의 아침살이

산의 사계를 호흡한 사람은 느낀다
면사포 같은 산안개 속 푸른 기운을

오색빛깔 죽음이 봄 되어
연둣빛으로 부활하는 오묘함과
그늘에 돋아난 버섯 숲 이야기와
천 년산 몸뚱이는 죽고 다시 천 년사는 주목나무 신비를

산의 마음을 바람과 햇빛이 받아 갈 때쯤
산자락을 휘돌아 내려오는 산행자의 마음도
산 숨 안에서 어느새 물로 흐른다

별을 보는 그대에게 / 남궁영희

그대 미소 내 맘에 환한 빛 되어
몽글몽글 노란 봉오리 맺히니
당신 오가는 길에 뛰어가 활짝 피니
십여 일 위안되다 시들더이다

사랑 물결 메밀꽃 일다
햇살에 안겨 꽃구름 되니
먹구름 일어 소나기로 내려
그대 가슴 잠시 지나갈 뿐이어서

비우고 비운 마음
보이지 않는 바람 되어
그대 곁 맴돌며 좋더니
여린 어깨 서늘케 할 뿐이어서

다만 새벽마다 저녁마다
하늘 보며 안녕을 기도하니
그 소리 동개동개 담아서
다니는 길마다 비추던 별

어느 날 그대 눈과 마주치니
그렁그렁 별빛 한 방울
그 눈 속에 떨구더이다

* 동개동개 : 차곡차곡 경남 방언
* 메밀꽃 : 파도가 일 때 하얗게 부서지는 포말

63

▮문영수

난 폐타이어 외 2편

대한문학세계 시 부문 등단
(사)창작문학예술인협의회 회원
대한문인협회 경기지회 정회원
〈시를 꿈꾸다〉 문학회 회원
글렌도만 교육 대표
색동회 동화구연가

난 폐타이어 / 문영수

난 폐타이어
한때는 탱글 한 타이어였던 적도 있었지만
누군가 쓰다가 버렸지

처박혀 먼지 속을 뒹굴다
가벼운 거래에 넘어가고 말았어

정해진 속도가 버겁고
뜨거운 아스팔트에 온몸이 할퀴어도
길 위를 굴러가는 쾌락

어느 날
그마저도 끝날 때
어느 판잣집 지붕 위에서 바람을 누르고
조용히 별을 보고 노래하리
너의 밤을 지키리

난 폐타이어지만…

오래된 남자의 왕국 / 문영수

오래된 직물공장 안에는
오래된 기계가 철컥
씨실과 날실을
세월처럼 쌓아 놓습니다

공장 가운데에는
궁색한 온기로 주변을 데우는
오래된 연탄난로
그 곁을 좋아하는 오래된 남자
아버지

요즘 오래된 남자는
맛난 음식도 싫다
멋진 옷도 이젠 싫다
좋은 곳도 가기 싫다 하십니다

그가 좋아하는 건
오래된 여자가 해주는
늘 먹던 음식
헐렁한 옷
매일 일하던 기름때 묻은 공장

너무 오래된 남자는
양지바른 곳에 앉아 쉬기를 바라는
오래된 여자를 뿌리치고
눈만 뜨면 그곳으로 갑니다

더 바랄 것 없는
오래된 남자의 왕국입니다

명자꽃 / 문영수

볼이 발갛던 명자 언니 있었지
손 붙들고 늘어져 늦도록
공기놀이 다방구 고무줄놀이했었던

국민학교 6학년 겨울
명자 언니만 중학교에 못 가고
긴 겨우내 울었지

3월 홀로 들녘에서
나물바구니 끼고 다니다
내가 오면 뛰어와 함빡 웃었어

봄이 끝나가던 어느 날
언니는 불러도 나오지 않았지
아줌마, 언니 이제 없다

돌아 나오는 길
담 밑에 붉게 피었던 명자꽃
바람에 흔들리며 봄날이 갔지

여름 서성이는 봄날
명자꽃이 보이면
맴도는 그 착한 이름
명자 언니

▌박경남

물안개 피는 겨울 강가 외 2편

대한문학세계 시 부문 등단
시를 꿈꾸다 문학회 회원

물안개 피는 겨울 강가 / 박경남

물새 한 쌍의 힘찬 날갯짓에
새벽안개 자욱한 북한강이
부스스 깨어나고
물안개 피어오른 강기슭에
밤새 상고대를 그려놓았네

강 건너 하얀 지붕은
안개와 숨바꼭질을 하고
새들은
안갯속 자맥질에 신이 났다

바람이 붓이 되어
변화무쌍한 새벽 강을 그린다
다채롭게 그리는 산수화는
누구의 솜씨인지...

아름답기 그지없는
하얀 미로에서
내 좋은 사람과 영원히 깨지 않는
몽환 속에 죽도록 못다 한
사랑하며 살고 싶어라.

나바론 하늘길을 걷다 / 박경남

하늘길로 올라선 600계단
터질듯한 심장 몰아치는 숨소리
이런 날이 다시 오다니
살아있음을 느끼는 순간 등산은
마치 인생길을 닮았습니다

눈 아래 펼쳐진 수평선 위로
활활 타오르는 붉은 노을 자락
기름 부은 가슴에 옮겨붙는데
나는 왜 눈물이 나는지...
살아있어 느낄 수 있는 맛!

삶이 얼마나 나약하며
산다는 게 얼마나 멋진 가를
그 깊은 맛을 알 것 같습니다
말 잔등 같은 아찔한 절벽 위에 서서
자근자근 밟고 가다 보면

천 길 낭떠러지 아래 평화롭게 노니는
파도의 함박웃음이 보입니다
고요한 섬을 품어 안고
꿋꿋하게 지켜낸 고독한 요새
추자도는 꿈을 꾸듯 평화롭습니다.

엄마의 예술작품 / 박경남

가을볕에 반짝이는
옹기종기 정겨운 장독대
짜면서도 달고 향긋한
흉내 낼 수 없는 깊은 풍미
엄마의 저력인 손맛이
스며있는 곳

엄마의 혼이 깃든
정성 덩어리 예술작품
뭉게구름 슬쩍 찾아와
맛보고 놀다간 자리
소금꽃이 동동 수를 놓네
올해도 간장 맛 예술이겠다.

▌박성금

여명 외 2편

2017년 월간순수문학 신인상 등단
한국문인협회 신안지부 이사
순수문학회 회원 .한국여성문힉회 회원
시를 꿈꾸다 문학회 회원
저서 시집 (섬 스며들다)
공저 (신안문협 동인지.순수문학.열린시학.시를 꿈꾸다.등)

여명 / 박성금

닭 헤치는 소리와 함께 어둠은 물러가고
하늘이 조금씩 열리는 시간

몸과 마음을 가다듬고
경이로운 새날을 향해 하루를 준비한다

늘 반복된 일상이지만
새벽별을 밀치고 빛이 걸어오면

오늘 받은 선물
고운 햇살을 감사하게 받겠습니다

아침에 음미하는 찻잔 속에 미소를 담고
축복된 하루를 시작하렵니다

유턴 / 박성금

낙엽 쌓인 무더기를 쓸어안고
노을빛에 불을 지피면
일렁이는 강물 속으로 가을 산은
침전되어 채색되고 있다

나이가 무거워질수록
화석처럼 견고해지고
숫자만 저축하듯 늘어났다

이제는 돌아봐도 역행할 수 없으니
보낸 것들을 긴 그림자로 동여매고
잃어버린 지문을 찾아 돌아가고 싶다

쉬엄쉬엄 좌회전 우회전 살피면서
여정의 노을길 따라 넉넉한 삶을 채우며
유턴을 하고 싶다

몽돌의 애상 / 박성금

원칙은 다르지만 서로가 필요로 하는 것은
악연과 선연의 복잡 미묘한 과정입니다
그래서 서로를 안고 뒹굴며
들숨 날숨 둥글게 닮아가기 때문이다

시련도 아픔도 분노도 집착도
그저 세월의 흐름이 씻겨가고
풍랑에 시달리고 파도에 떠돌다가
해변의 명당자리에 정착해 보니

햇살과 달빛과 그리고 별빛과
동행한 억겁의 근육질 조수에 부풀어
사랑은 침묵에 젖고 마음은 당당하게

파도와 갈매기만 밀어를 속삭이는 시간
변방을 돌고 나가는 바람뿐
저 깊은 암초 사이에는 영롱한 산호도
진열되어 있겠지만 구경도 못해보고

좌로 우로 뒤엉킨 자리에서
파도와 돌개바람이 회오리로 휩쓸어도
떠날 수 없는 애절함을 강물에 숨긴다
동행중인 햇살은 몽돌의 명줄을 알려 준다

▌박정기

흔들리는 나무가 되어 외 2편

아호 : 順貞
전남 순천 출생
문학춘추 시 부문 등단
대한문학세계 시 부문 등단
한국해외문학 시 부문 등단
(사)창작문학예술인협의회 회원
대한문인협회 광주전남지회 정회원
시를 꿈꾸다 문학회 회원
저서 : 따뜻한 동행
공저 : 신춘문예 외 다수

흔들리는 나무가 되어 / 박정기

세상에서
가장 정직하고
고귀한 나무를 아시나요

저 소금꽃 나무를

어느 여성 노동가는
근로 현장 동료들을
나무로 존칭하더이다.

눈코 뜰 새 없는
삶의 현장
숨 돌릴 틈도 없이
부지런 떠는 날은

쉰네 난
겨드랑이 밑
얼룩진
하얀 소금꽃
피우는 나무로

때로는
처자식을 위해
아니
자신을 위해
그렇게 살아온 삶

그 나무는
나요 우리였다.

하지만
덧없는 세월
가지 끝 꽃은 지고

바람에 휘청이는
나무가 되어

따뜻한 봄
기다린 맘

지난 젊음이
그리워 일게다.

시샘 / 박정기

서너 발짝 뜀질하다 서 있는 너는
분명 봄이었는데

가슴 시린 꽃샘이 막아서니
옴짝달싹 못하고 그리 서 있구나.

가지마다
순서 없이 터지던
꽃눈도

생각 없이 찾아온 추위에
파르르 입술만
떨고 있는데

구름에 가린 해님은
오지를 않고

추적한 봄비에
이른 꽃잎만 떨어져 있구나.

누구에 시샘인가

아픔을 안고
찾아온 봄

그렇게 새 생명
탄생 하나 보다.

어머님의 봄 / 박정기

휘몰아 도는
겨울바람 끝
봄은 숨어 숨 쉬고

메마른 갈대
경직된 춤사위
속에도
그는 숨 쉬고 있었다.

엄동설한
만물은 봄을 꿈꾸듯

강가 갯버들 줄기마다 열린 고드름에 갇힌
앙증맞은 꽃눈

낙숫물
떨어진 소리에
아기 솜털 꽃피우면

겨울 냇가
한 서린 어머니

내 어머님
빨래하던 시린 손끝

따뜻한 봄
얼마나 기다렸을까.

▮배근익

절세미인 벚꽃 외 2편

(사)종합문예유성
시, 동시, 시조, 수필, 소설 작가 등단
5개 부문 신인문학상 수상
사단법인 종합문예유성 운영위원
(사)종합문예유성 글로벌문인협회 회원
시를 꿈꾸다 회원
(사)문학애 회원
종합문예유성신문 기자 밀양 본부장
건양대학교 국방경찰행정대학원 석사
대전대학교 대학원 국방정책학 박사 수료
사포초등학교 총동문회 회장역임 현)상임고문
(사)한자교육진흥회 한국한자실력평가원 충남본부장
(사)한중문자교류협회 대전충남본부장

절세미인 벚꽃 / 배근익

내 고향 밀양
시내 굽이치는 밀양강
삼문동을 중심으로 한 둑방길
가곡동 삼문동 내일동
남천강 둑길에
절세미인 벚꽃
활짝 피웠노라

봄나들이 꽃길로
너와 나 설렘으로
청춘남녀
남녀노소
세상 풍파 찌든 마음
둑길 절세미인 벚꽃이
사랑 행복 즐거움 설레게 하는구나!

어느새
활짝 핀 미인은
나를 반겨주는 듯
살짝살짝 축하의 메시지
꽃길로 소통하며 반기니
축하 환영을 꽃비 만들어
뿌려주노니 행복하구나!

피리 소리 / 배근익

동구 밖 노닐든 어린 시절
친구들 피리 만들어 불던 때
봄소식에 그리움 생각난다

버들강아지 줄기 꺾어다가
피리 만들어 불기도
수양버들 나뭇가지 꺾어다가
피리 만들어 불기도

옛 추억 생각나 봄나들이
개울가 행차하고 싶어진다
어린 시절 동심으로 피리 소리 듣고 싶다

개울가 찾아 옛 추억 남기며
그 소리 남기고자 하노니
내 마음 설렘으로 찾아온 임의 사랑
그 향기 가슴에 묻어둔 옛사랑이 그립구나.

기다림 / 배근익

종남산
진달래꽃도
그대 임도

내 마음에 불질로 놓고
임은 오지도
보이지도 않는다

사랑의 기쁨
기다림은 언제까지
기다려야 하는지!

▌서기수

고향의 아침 풍경 외 2편

경북 영일 출생
울산대학교 체육학과 졸업
대한문학세계 시 부문 등단
「시를 꿈꾸다」 문학회 회원

고향의 아침 풍경 / 서기수

서리 내린 감나무에
까치가 짖어대고

초가지붕 굴뚝마다
흰머리 헤쳐 풀 때

눈 덮인 논두렁에
까마귀는 검기도 하다.

무덤가에 피는 꽃 / 서기수

이것이 그리움인가요
차라리
고통인 것을

나 죽어
무덤가에
꽃 한 송이 피거든

꺾으려
하지 마세요
그것은 그리움입니다.

눈물의 기도 / 서기수

한번 가면 두 번 다시 못 오는 길
어이하여 홀로 갔는가
무너진 상실감에
움켜쥔 텅 빈 가슴 쑥물이 들고
그리움에 허덕이는
멍한 눈자위로
그칠 줄 모르는 뜨거운 눈물!
인연의 굴레 속에
숙명처럼 지워진 애증의 등짐
별빛조차 흐느끼고
여명마저 깊이 잠든 이 어둠
하늘이여!
내 모든 소망으로
간절하게 기도하나니
그 사람 거기에서 평안하게 하소서.

▌서흥수

개심사 왕벚꽃 그늘에 서서 외 2편

1961년생
경북 영주 출생, 서울 거주
경북대학교 졸업
코오롱, 현대, 롯데, 대림산업, 포스코 그룹 근무 후 퇴임
화공엔지니어 출신 시인
월간 시사문단 詩 부문, 2021년 1월 등단
한국시사문단 작가협회 회원, 빈여백 동인
시를 꿈꾸다 문학회 회원
수정샘물 문학회 동인

개심사 왕벚꽃 그늘에 서서 / 서홍수

화사한 꽃 잔치가 끝난 후,
꽃의 작은 눈길마저 얻지 못한 슬픈 사람들에게,
마음을 열고 먼저 다가가면 기쁨이 꽃처럼
다시 핀다고 가르침을 주시던 옛 스승을
만나러 가듯 찾아간 개심사(開心寺),

거기엔 벚꽃의 여왕, 왕벚꽃이 송이송이
산속에 고이 피어있더라

세파에 부딪히며 얻은 작은 상흔들도
비우고 비운 채
왕벚꽃 그늘에 내려놓고 앉아서
아옹다옹 살아온 작은 마음
꽃잎 사이로 다가오는 햇볕에 펼쳐 말려보니
가장 아름다운 꽃을 모두 비우고도
연둣빛 싱싱한 얼굴로 웃고 있던 벚나무 마음이
이해가 되더라

왕벚꽃 가득 피운 나무,
가장 행복한 표정으로 꽃의 미(美) 뽐내더라도
이 또한 비울 것을
그러고도 웃으며 씽씽한 얼굴로
여름을 맞이할 것까지도

홀씨, 바람의 신발을 신고 / 서홍수

바람의 신발을 신고 오지를 날아가고 싶다
바다 위에 부는 바람으로 파도를 타고 가다가
잠시 쉬며 갈매기의 사랑 이야기도 들어주고
떡갈나무 껍질 속에서 나비가 되길 기도하는
애벌레에게는
봄의 소식을 날라다 주는
강물 위를 떠도는 바람으로 돌아다니다가
바깥세상이 궁금하여 튀어 오르는 피라미의
맘에 쉼을 주기도 하는

슬픈 사랑으로 아파하는 노루에게
따스한 가슴을 가진 바람으로
가는 길이 어디인지 끝이 어디인지도 모르면서
바닷가 바위 벼랑 끝을 헤매다가 하늘을
바라보는 산양에겐
땀을 식혀주는 시원한 바람으로

얼음산을 걷고 또 걸어가도 흙이 보이지 않는
눈길을 가며 배고픈 새끼 사슴 몇 마리 데리고
초지를 찾아가는 늙은 어미 순록에게는
따뜻한 바람으로

시는 홀씨가 되어 바람에 실려 날아가면
좋겠어,

들풀들 사이에 떨어져 작은 보라 꽃을
피울 것이고
천년을 한자리에서 피고 지는 작은 풀들도
훗날, 그 꽃 때문에 춥지 않았다고
눈짓으로 나비에게 말할지도 모르니깐

죽마고우(竹馬故友) / 서흥수

장마가 지고 밤새 비가 내렸다
보洑는 정강이까지 물을 넘실거리며
아이들을 맞았다
줄줄이 서서 보를 건너는 아이들,
나는 중간에 서서 건너는데
보가 빙글빙글 회전한다, 흙탕물이 목젖을 내놓고
맛있어 보이는 아이 하나를 삼키려 노려본다,
"어이하나, 어이하나,"
개울 건너 서 있는 미루나무가 애처로워 빙글빙글 돌면서
소리치며 발을 동동 구른다,
포효하는 황토물은 사냥하러 한 걸음 두 걸음
내게 다가오는데,
앞에 가던 담대한 친구가 돌아보고
손을 꼭 잡아 주며 '괜찮아'라고 크게 소리친다,
성난 짐승은 더 달려들지 못하고 도망을 가고
나는 보를 무사히 건넜다

생生과 사死의 갈림길에 그 친구가 없었더라면,
세월 건너편의 그 따스한 온기가
퍽퍽한 길 걸을 때 찾아와 차가워진 내 손을
가끔 데워준다

고맙네, 친구여

▌심경숙

삼악산 외 2편

대한문학세계 시 부문 등단
(사)창작문학예술인협회 회원
대한문인협회 강원지회 정회원
문학 어울림 정회원
시를 꿈꾸다 정회원
시 뿌리다 회원
공저 : 숲을 이룬 열 다섯 그루, 어울림, 시를 꿈꾸다 외 다수
가곡 / 추억이 있는 춘천으로
가곡 / 몽돌

삼악산 / 심경숙

바위를 타고 오르던 기억들이 산을 오른다
산길 따라 계단과 바윗길
큰 나무에 묶인 줄을 잡고
돌부리에 차여 넘어지고 때론,
소나무 뿌리에 걸려 미끄러지며 오르고 오르던 그 산길,
내 인생길처럼 굽이진 고갯길의 옛이야기가
도토리 나뭇잎처럼 쌓인 그 길을
노을 지는 해 안고 날아오른다
구름 한 점 사연 하나, 하나에
한 타래 명주실 풀어 놓은 듯
흘리고 쏟아내던
호수에 반짝이는 윤슬같이
푸르던 날의 기억 속 산행
그 길의 이야기 끈 풀어 본다
아득히 멀어져 가는 기억을,
팽팽하게 당겨 오소소 내려앉은
도토리 나뭇잎 같은 세월의 색채마저 저물어 가는
뒤안길에 잠겨있던 나의 바쁜 하루를 떼어 쉼표 하나 찍는다
추억의 산 능선을 날아오른다.

홍천 터미널 / 심경숙

어둠을 밀어낸 새벽이 버스를 기다린다
오지 않는 너를 기다리던 그날처럼
저만치 가 버린 너를
저만치 가 버린 시간을
차디찬 의자에 앉힌다
얼음 빙판이 된 화양강 강물처럼
하얗게 얼어버린 너와 나의 마음처럼
서릿발 같은 바람이 인다
그 바람 따라 어디로 갈까
출발과 경유지와 도착지가
서로 다른 이곳,
수많은 발자국이 만나고,
수많은 발자국이 이별하고 머물다 떠나는, 이 터미널에
나는 홀로 웅크리고 앉아 있다
차디찬 의자가 또 다른 시간을 기다린다
하얗게 멀어져간 시간을,

옷집 앞에서 / 심경숙

시장 구경이나 가자시던 어머니
꽃무늬 원피스가 걸린 용인상회 앞에서 발길 멈추신다
얼마 전 봐 놓은 옷 한 벌이 눈에 밟히셨나보다
속주머니 속에서 돌돌 말은 지폐 세 장
내 손에 쥐여 주신다
딸이 사줬다 할게!
이만 오천 원짜리 옷값
서로 내려 하던 그 옷 가게 앞
어머니 그림자는 간곳없고
상표도 떼지 못한 채 잠든 옷
이제 꽃무늬 같은 그리움에 꺽꺽 목줄기가 뜨거워지는데,
꽃물처럼 물든 내 가슴의 옹이는 어머니의 빈 그림자같이
내 발길을 불러 세운다.

▌양영희

그곳 빈집에는 외 2편

대한문학세계 시 부문 등단
(사)창작문학예술인협의회 회원
대한문인협회 정회원
〈시를 꿈꾸다〉 문학회 회원

그곳 빈집에는 / 양영희

노후한 수도꼭지에 녹이 슬고
마모된 곳곳에는
물방울이 스며들어 너덜거린다

앞마당 빨랫줄에는
영롱한 이슬 반짝이며
거미가 엮어놓은 다리를 딛고
그네를 타는데
툇마루에 먼지만 가득하여
사람의 흔적은 보이지 않는다

잔디밭은 풀숲으로 변하여
토끼풀로 뒤덮여
풀벌레 짝을 찾아
요란하게 울어대는데

앙증맞은 풀꽃들은
한들거리며 씨앗을 품어
빈집에 앉아 귀를 연다

우물가에 이끼를 깔고
말간 샘물이 흐르는 그곳
빈집에는

담장 넘어 코스모스
잎을 떨구고
감나무에 대봉감은
노을빛으로 빨갛게 익어
계절의 흔적을 담아낸다.

어항 속 물고기는 / 양영희

한 자 반 어항 속에는
물방울만 원을 그리며 맴돌고
물살이 죽어 내뿜는 공기 속
물고기는 가쁜 숨을 들이켜며
한살이로 고달픈 삶을 살아가고

해는 저물어 가는데
죽어가는 공기 속에서
빈 껍질은 허공에 분칠하고
맞부딪힌 바닷새는 허공을 맴돌다
둥지 찾아 떠나건만

어황 속 물고기는
축 늘어진 지느러미에
체념 어린 한숨 소리 벽을 뚫고

늘어진 꼬리에 초점 잃은 눈동자
파도치는 너울 바다가 부르는 소리에
뿌리째 뽑혀버린 나신을 끌어안고
짧은 꿈을 꾸는 것인가

먹음직한 이야기를 듣는다 / 양영희

거리에 밤은 그림자를 풀어놓고
벽장 속에 숨겨놓은
먹음직한 이야기를 듣는다

풀벌레도 가던 길 멈추고
군상들은 손뼉을 치며 박장대소다

불빛은 춤을 추며
흐물흐물한 몸뚱어리에
허깨비는 초점 잃은 눈동자의
펄럭이는 만장을 끌어안고

바람의 날갯짓에 아침 햇살 위로 구름바다를 걷고 있다

고요함은 사라지고
가면을 쓴 얼굴들은
풀어놓은 시간의 늪에서
눈먼 자들의 이방인이 되어 간다

▌양현기

그리움 외 2편

대전 거주
대한문학세계 시 부문 등단
(사)창작문학예술인협의회 회원
대한문인협회 대전충청지회 정회원
시를 꿈꾸다 문학회 회원
하나컴퓨터자수 대표

그리움 / 양현기

주인 없는 그리움은
두고 온 고향도 없어
갈 곳을 모르고

봄꽃 한가득 새순 파릇한
저 산 중턱 그 어디쯤
마음 주려 서성이다가

굽어진 산허리
그 길가 꽃잎에
머금었던 눈물을 풀고

해 질 녘 뒷동산
고개 숙인 할미꽃 품속에
잠이 든다.

봄꽃 / 양현기

오늘 피어난 봄꽃은
지난봄의 기억을 추억하지 않는다.

그리움 / 양현기

그리운 마음은
바다처럼 소리 내 울지 않는다.

▌오필선

그대라는 이름 하나 외 2편

(사)한국문인협회안산지부 회장, 한국문인협회 회원
(사)창작문학예술인협의회 회원
대한문인협회 경기지회 홍보국장
(사)한국산문작가협회 회원
(사)한반도문인협회 이사
시를 꿈꾸다 문학회 운영위원
저서 「빛바랜 지난날도 그리움이다」

그대라는 이름 하나 / 오필선

공전과 자전은 지구 끝자락을 돌아
반드시 제자리로 돌아온다는 말을 믿었다
목이 부러진 한 송이 장미를 움켜쥐고도
달 표면에 깊숙이 빠져버린 발등을 부여잡던 날
몰래 흐느끼는 귀뚜라미는 숲으로 가슴을 가리고 울었다

애벌레처럼 작아져 바다를 서성이고
내가 불렀던 이름마저 버려져 나뒹굴며
더듬더듬 막힌 말문마저 비명처럼 숨어들었다

동그랗게 말린 애벌레 등짝에서
비틀거리는 생각 하나 튕겨 나와 중심을 잡는다
모든 세상의 길을 다 걸어보지 못한 다리로
생에 모든 울음에서 일으켜 세울 다리와 마주했다

우지끈 무너지는 중력쯤이야 감당할 수 있다며
반평생을 함께 지탱하며 살아온 살가운 날들
더듬더듬 막혔던 말문이 트이고
동그랗게 말린 등을 펴 그대라는 이름을 부른다.

봄이 오는 소리 / 오필선

숨결조차 미동이 없다 해도
당신이 오신다는 걸 알아버렸죠
하얀 꽃망울 터뜨리기도 전
가슴엔 파란 싹 하나 움트고
아롱진 꽃잎 하나 눈동자에 담아
향기 털어 낼 따사로움 묻힌
보송보송한 손길을 느낍니다

감칠맛 풍기는 저 봄볕은
어찌 내게로 오는지
더덕더덕 눌어붙어 꽁꽁 동여맨
허리춤에 감싼 얼음장은 녹으려나
채 버리지 못해 둘둘 말린
목도리 속 겹겹이 피멍 든 가슴에도
환장할 꽃을 피우려 봄은 오는가 보다

그래도
함초롬히 돋아날 파릇한 새싹 하나를
손 모아 기다립니다

능수버들 / 오필선

하얀 눈꽃을 피우던 시간도
물이 흐를 것 같지 않던 개울도
죽은 듯 앙상한 나뭇가지도
지상에서 가장 고통스럽게
지나가는 시간을 마지막이라고 했다

손을 내밀어야 간신히 잡힐 것 같은
치렁치렁 늘어뜨린 푸른 이파리
어둠마저 희석되어 묽어지게
새로운 희망처럼 호수에 등을 밝힌다

끊임없이 생성되고 소멸한다는 것
장엄하고 거룩한 생명이 잉태된다는 것

그것은

무거워질 대로 무거워져야
웅크렸던 지난날을 지우며
내려앉은 어깨를 치켜올려
말간 하늘을 단단히 틀어쥐고
다시 태어난다는 것이다

▌오흥태

면화(棉花)밭 가에서 외 2편

강원 춘천 출생
대한문학세계 시 부문 등단
(사)창작문학예술인협의회 회원
대한문인협회 경기지회 회원
「시를 꿈꾸다」 문학회 회원
서울교원문학(울림) 시 공모 선정(2017.18.19)
서울시지하철 시 공모 선정(2018)
Email : heung5000@gmail.com

면화(棉花)밭 가에서 / 오흥태

삶이 팍팍한 날엔
나를 유배 보내자
두발에 실려 아주 멀리

산 능선 따르는 파란 하늘 아래
이름 모르는 모든 풀들 유심히 보다가
목화송이 하얀 밭가에 서자

앙상한 대궁이
굳이 그 연한 꽃송이
피었다 진 사연 묻지 말자

짧은 봄을 살고
저리 당당히 떠나는 것들
떠나며 남기는 이 아름다움
나의 팍팍함은
너의 마른 대궁이거니

마른 가지 끝
저 탐스런 눈꽃 송이
사라지며 피는 꽃
너는 결코 볼 수 없는 꽃
나는 오늘
더 팍팍할 수 있을까.

일몰 앞에서 / 오흥태

하루를 다 보낸
겨울 해가
산마루에 호젓이 앉아 있다

사슴의 눈망울 안에
멀어지는 연인처럼
저항 없이 보낸 하루가
잔상처럼 남아
오래도록 걸음을 붙잡는다

너는 오늘
뜨거운 하루였느냐
아침볕의 다짐은
부끄럽지 않았느냐

저녁 해는
밤을 위한 염원을 모아
뜨겁게
노을을 태운다

땅거미 내려
저녁연기 풀리면
기도를 끝낸 성자가 되어
조용히 자리를 뜬다.

동백꽃 / 오흥태

멀리서 그리는 간절함에
밤이면 부르다가 길이 닳아도
눈을 뜨면 또 멀어
볕의 소원함에도
그리움은 절실하고
동백꽃은 밤을 새워 피어난다

마음속 오롯한 이
한순간도 벗어난 적이 없는데
지난한 세상살이
문득 돌아본 자리
짙붉은 꽃송이
향기로 따라왔네

띄엄띄엄 꽃송이 사이
이어지는 노래
초승달 아래 그리움 불러 내
결코 잊은 적 없었노라
나직이 건네 보려네.

▌원대동

꽃 외 2편

전북 익산 거주
원광대학교 교육대학원 졸업(교육학 석사)
한국 상업 교육학회 이사 역임
월간 국보 문학 시 부분 신인상 수상
호남 국보 문학편집국장
33호 동인 문집 (내 마음의 숲) 편집 부국장
(사)한국 국보 문인협회 정회원
시를 꿈꾸다 문학회 회원
익산 진경여자고등학교 교사

꽃 / 원대동

넌 언젠가 꽃이 될 거야!
그 사람 지나간 뒤에 남은
귀한 膳物(선물)

웃음보다 먼저 들어와 살았던 것은
눈물의 씨앗이었을까?
방안에서 요람¹⁾타던 그리움을

4월이 되어 창밖에 내놓으니
농부의 키질²⁾같은 바람에
어떤 연분이 사랑을 꽃피웠을까?

그 사람 지나간 자리에
오목한 입술 같은 목련이요
자색 보조개 여인 닮은 동백꽃이 피었다.

1)요람(搖籃)【명사】① 젖먹이를 눕히거나 앉히고 흔들어서 즐겁게 하거나 잠재우는 채롱.
    ~ 속의 아기. ② 사물의 발생지나 근원지. 신라 문화의 ~.
  ♣ 요람에서 무덤까지【관용구】'나서 죽을 때까지'의 뜻. 사회 보장 제도의 충실함을
       표현한 말《제2차 세계 대전 후 영국 노동당의 구호》.
2)키ㅡ질【명사】[~하다 → 타동사】키로 곡식 따위를 까부르는 일.
                          ~롤 곡식의 쭉정이를 다 날려 보냈다.

십자가 곶감 / 원대동

높은 나무에 매달려
나-여-나를 외치는 사람
저 멀리 아득한 곳에 있다고
까치밥 되도록 내버려 두었단 말인가?
아담의 입속에 넣어 자란 씨앗이
예수님의 십자가 삼종 나무[1]되었고
껍질을 벗기는 고통이 딱지[2]지고
거꾸로 매달린 노숙자의 피부

십자가 높은 나무에
너무 오래 매달려 계시지 말고
제 모든 허물을 벗겨
말랑말랑한 옹알이[3] 곶감
만들어 놓을 테니
언제 든 꼭 드시러 내려오세요

1) 삼종 나무(소나무. 측백나무. 히말리아 삼나무) 아담의 셋째 아들이 아담 동산에서
   구해 온 씨앗을 아담 (입)에 넣었더니 이것이 자라 예수님 십자가 나무가 됨.
2) 딱지【명사】상처나 헌데에서 피나 고름, 진물 따위가 나와 말라붙어 생긴 껍질.
3) 옹알—이【명사】【~하다 → 자동사】생후 백일쯤 되는 아기가 옹알거리는 짓.

118

달빛만 남은 碑石(비석) / 원대동

흥분했다가 좌절했다가
한 페이지 두 페이지 세 페이지
두툼했던 기억이 찢겨 나간다.
뼛속까지 써 내려간 편지
신들이여!
말하라
어디로 갔는지
한 명의 첫사랑과 두 번째 아쉬운 여인
세 번째 뒤쫓아 간 사랑이 찢겨 나간다.

흥분했다가 좌절했다가
마지막 희망 같은 아들의 결혼식
손주 돌잔치를 치러야 할 세월이 찢겨 나간다.
슬픔이라면 아직 완결되지 않은 것이요
기쁨이라면 이미 완결된 것이니 무엇을 근심하랴?
한 개의 달이
천 만개 호수를 비추듯
쓰고 찢기기를 반복하여야겠지
내 비석에 달빛만 남은 공책 될 때까지

119

▌이만우

봄 단풍 외 2편

경기도 수원 거주
2018년 대한문학세계 시 부문 등단
(사)창작문학예술인협의회 회원
대한문인협회 경기지회 기획국장
2019년 한국문학 올해의 시인상 수상
2020년 특별초대 명인명시 출품
2021년 명인명시 특선시인선 출품

봄 단풍 / 이만우

화사한 벚꽃이 산을 수놓고
새싹들은 나뭇가지를 수놓고
청송은 늘 변하지 않고 그대로 있네

형형색색으로 물들인 산들은
생명을 잉태하듯 새싹들의 요란함에
숨죽이고 잠들어 있던 나를 깨운다

봄을 알리고 있던 꽃과 나무들은
화려하게 나를 꼭 안아주며 어서 오라고 손짓하며
함께 어울리자고 하며 반기고 있다.

자연의 경이로움에 나는 그저 멍하니
봄 단풍의 아름다움에 취하여
기지개 켜고 세찬 숨을 몰아쉰다.

수수꽃다리(라일락) 향기 / 이만우

오후의 나른 함에 밖을 나갔다
실실 불어오는 봄바람이 지친 나의 뺨을
살짝 스쳐 지나가는데
상큼한 향기가 함께 실려 왔다

나는 그 향기를 나비처럼
이리저리 찾아다녔다
드디어 골목길 끝의 외딴집 담벼락에
곱게 피어 있는 너를 만났지

벌들은 나보다 먼저 너의
그윽한 향과 예쁜 자태에 취해서
내가 온 줄도 모르고 꽃 속을 파고들면서
바쁘게 움직이며 꿀을 따고 있네

아름답고 고운 모습에 반하고
상큼하고 그윽한 향기에 취하여
너와 함께 있었던 시간으로
나는 오늘 하루 잘 보냈다

야경 / 이만우

따스하던 한낮의 햇볕은
서산을 붉게 물들이며
가슴 설레게 넘어가면서
어둠을 선사하고 슬며시 사라져 간다

어둠이 곱게 내 곁에 내려앉으면
마음을 밝게 비춰주는 가로등은
나와 함께 호숫가를 거닐며
벗이 되고 길잡이가 되어 주고 있다

마음이 어둠 속으로 사라지지 않게
너에게 다가서서 기대면
포근함과 편안함을 가져다주고
항상 너를 바라보며 나는 즐긴다

▌이명순

동굴 속의 여자 외 2편

시인, 수필가, 작사가
아호 : 시연
제물포예술제 주부백일장 장원
전국 고전읽기 백일장 문화체육부장관상
윤동주탄생100주년 기념 문학상 공모전 작품상 수상
타고르 문학상 최우수상
윤동주탄생105주년 기념 문학상 우수상
글꽃바람, 시를 꿈꾸다 동인, 그 외 다수 문학지 참여
『다시, 첫걸음』 시집출간
한국문학작가 대상
『다시, 첫걸음』 시집 작품상

동굴 속의 여자 / 이명순

산마루에 고목 한 그루

가지 끝에 물이 오른
세월의 바람

시린 세월에 얼어버린 마음
얼룩진 슬픔은
강이 되어 바다로 갔지

푸른 물결 휘감은 산호초

어둠은 푸른 달빛 내몰고
별 무리도 숨어버린 새벽
소나기 한줄기 퍼붓고 사라지네

산허리에 걸린 운무

굴 밖 세상을 꿈꾸던 그녀
우듬지에 오른다.

그 길에서 / 이명순

산모롱이 휘도는 바람을 안고
운무에 갇혀 옛일을 기억하는
거기,
그곳에 피 흘린 영혼
잠 못 들던 나무 한그루

미시령 고갯길에서
나는 누구인가,
그림자처럼 타다 남은 잿더미를 뒤집어쓰고 세월을 먹고 있다

벼락 치던 그 밤,
생애 마지막 절규하던 몸짓들
운무에 걸린 나부끼던 옷자락
겨울지나 봄이 오던 그 길목들

가파른 능선에 퇴적된 세월
굽이지는 길섶에 날리는 씨방이
속살을 더듬거리며 천 길을 간다

마음 잃은 너이거나
길을 잃은 나이거나
흐르는 구름 따라간다.

목련 / 이명순

기품이 넘치는 미소로
새내기 풋풋한 감성을 적시는
주홍빛 그대는
봄빛에 마알간 소년의 마음에
환한 나빌레라

고운 숨결 우아한 몸짓으로
한 올 한 올 봄비에 젖어
고혹한 향기를 품는다

마치 새 학기 낯선 설렘을 위로하듯 따사로운 눈빛으로
그대가 있어 봄은 화사했네

새봄,
새내기들 반기는 첫 만남
교정의 활짝 핀 자목련
그대가 있어 봄은 행복했네

▌이송균

거꾸로 바라본 날에 외 2편

대구 거주
대한문학세계 시 부문 등단(2019.12)
시를 꿈꾸다 문학회 회원

거꾸로 바라본 날에 / 이송균

처절한 몸부림과 그리움
고독이 밤을 방황하고 천근만근 바위가 가슴을 억누르는
이별이 덜컹 찾아왔다
저 하늘의 찬란한 태양도 울고불고
들판에 꽃들도 피고 지고
시간과 공간 속에 님 잃은 기러기는 구슬피 운다

저 멀리 꽃송이 하나
향기 머금고 손짓하며 봄바람에 실려 오고
꿀벌 한 마리 꽃잎에 살며시 앉아 애정의
입맞춤을 하며 봄 사랑에 취하니
찐한 사랑이 다시 만개를 한다

그대여! 이별이 찾아온다면
가끔 물구나무를 서고 세상을 거꾸로 바라보자
괴로운 이별도 달콤한 사랑도
구름 속 태양이라 곧 사랑이 환하게 웃음 지으리니

구름 걷히면 이별도 그리움도 슬픔도 바람 따라 사라지고
오늘같이 바람 부는 날에 그대 향기도 스쳐 지나가겠지만
거꾸로 보고 생각하면 그 또한 아름다움이리라.

사랑하다가 이별이지만 / 이송균

천일도 한결같이 마음을 주고 잡지 못하면서
진실한 사랑이라고 늘 말하며 껍딱지처럼 붙어 있었다
바위에 이끼 같은 존재인 사랑
어느덧 허울 같은 사랑은
차디찬 겨울 칼바람에 빛을 잃는다
이해보다 오해로
진실 아닌 많은 핑계가 일상이 되고
다 거짓이라고 느껴지는 날

참사랑은 존재할 수 없을까 고뇌하며
또 한 번의 이별을 마지못해 준비를 하고
바보 같은 사랑을 이별을 되새김질한다.
헤어질 시간이 점점 밤으로 접어들면
칠흑 같은 밤에 장대비가 가슴을 내려친다

이별을 진정 맞이해야 하는가
답답하고 괴로운 심장은 멈추고 세상도 숨을 멈춘다
부족한 탓에 못난 탓에
사랑하는 사람을 잡을 수가 없는 이 마음을
그 무엇으로 위로해 주리까

혹여 들킬까 봐 빗속에 눈물 숨겨보지만
눈앞이 가려서 주저앉아 그냥 비를 맞아본다
몇 날 며칠을 방황하고는 눈 내리고 바람 불고 나면
비는 저 태평양으로 사라져버리고
내 곁엔 매화꽃도 목련 꽃도 사랑하자 찾아드네
사랑 후 이별이 오겠지만 다시 사랑하리라
삶이 다하는 날까지 봄 손님 맞이하리라.

애원 / 이송균

사랑, 그것은 너무나 달콤하고 황홀하였기에
헤어짐이란 벼랑에 떨어지는 것보다
더 많이 아프고 괴로운 것 같다
그래서 이별은 미치도록 더 아프다
이 짙어가는 가을에
그리움 한없이 쌓여 밥알이 모래 같은데
어찌할까요 이 깊은 사랑을.

돌아가고 싶고 뛰어가서 안고 싶지만
그대 허락 없이는 돌아갈 길을 난 몰라요
알면서도 손 내밀 수가 없는 바보 같은 사랑아
이 가을에 그대 없이는 숨 못 쉬고 잠 못 이루니
가슴은 송곳으로 찌른 듯
밤하늘 별을 찾아 헤매는 내 처절한 사랑이여.

시월의 마지막 밤 오기 전에, 겨울 오기 전에
코스모스 피기 전에 찾아오라고
님 또한 그립다고 사랑한다고
다소곳이 한마디 해 주면 안 되나요
소심한 내 심장도 용기 내어 힘차게
그대 향해 다시 뛰어갈 텐데
참다 참다가 못 견딜 것 같으면 그냥 찾아오라고.

▌이종훈

할머니의 달빛 자장가 외 2편

2018년 대한문학세계 시 부문 등단
(사)창작문학예술인협의회 회원
대한문인협회 정회원
대한문인협회 인천지회 정회원
2019년 짧은 시 짓기 전국 공모전 장려상 수상
2020년 화광신문사 소년소녀부 글짓기 전국공모전 심사위원
2021년 7월 "뉴스체인" 인터넷 신문에 디카시
        '가족을 위한 건배'가 좋은 시로 한달간 게재됨
"시를 꿈꾸다" 문학회 회원
동인 시집 "시를 꿈꾸다" 1.2.3집 출간

할머니의 달빛 자장가 / 이종훈

가을걷이를 끝낸 볏단은
쌓고 쌓아 만리장성입니다

한평생 일만 해오신 할머니
엿가락처럼 휘어진 손가락과 무릎은
닳고 닳아 밤에 더욱더 쑤시고
모기처럼 집요하게 통증이 몰려옵니다

할머니는 남자 대신
성벽을 지키는 노병입니다
밤하늘의 반달은 이불을 덮어 졸고 있고
흐릿한 성벽 위로 빠르게 굴러가는 백내장은
오늘따라 더욱더 침침합니다

어둠은 눈꺼풀로 다가와
강아지 오줌 누듯 새벽으로 치닫고
손주를 위하여 내어 준 무릎에서
흘러나오는 노래는 통증이 반주가 되어
언제나 슬프게 맛있는 자장가가 됩니다.

꽃피는 봄날엔 / 이종훈

이 산에도
저 산에도
앞산에도
뒷산에도
어깨 위에 기대어 자고 있는
그녀의 얼굴처럼 활짝 피어갑니다

회색 구름이 스며있는
호숫가 벤치에
잠시 머물러 있는
그녀의 사랑도 행복도 미소도
활짝 피었으면 좋겠습니다.

마지막 선물인가요 / 이종훈

함박눈이 내리던 밤
운치 있는 분위기에
둘이서 새벽 거리를 걸었지요
그날따라 그대는 듣기만 하고는
말없이 걸어갔죠

어디쯤 다다랐을 때
시집 한 권 주고는
헤어지자는 말을 했지요

좋아하는 목월 시집을
그래도 받아 들고는
두 사람의 발자국이
찍혀있는 가로수 거리를
홀로 밟으며 뛰어갔지요

눈물은 눈 위로 똑똑 떨어졌지만
목월 시집은 떨어질까
손에 꽉 쥐고 있었죠.

▌이현천

초승달 1 외 2편

충북 충주 출생
경기도 성남 분당 거주
현대시선 신인문학상 수상(2021)
'감성의 온도' 등 동인지 참여
광교호수공원.소래포구 시화전 참여
덕평공룡수목원 시비 참여
현재 시 문학 활동
시를 꿈꾸다 회원

초승달 1 / 이현천

노을 내린 하늘에
초승달을
바라보다 들어와
난 손톱을 깎았네

덜어내고 비우는
나와 달리, 하늘의 초승달은
채우기 위해
세상을 밝히고 있다

세상을 밝히는 것들과
수고로움을 마다않는 것들로
희망 담긴 내일은 오고 또 온다

고마워 바라보면
마른 넝쿨 그마저도
고맙고 아름답다

너도 그렇다

연탄 / 이현천

검디검어서
가까이할 수 없었다

너무 뜨거워
가까이할 수 없었다

생을
하얗게 태우고도
태연한 너
스스로를 위해 뜨거워
본 적이 없는 너

흰 듯 사는 우리
가까운 듯 사는 우리
깨끗한가
따뜻한가

연탄재 뿌려진 빙판길
비로소 나를 본다.

한겨울에 꾸는 봄 꿈 / 이현천

꽃씨 가게에 가서
모둠 씨앗 한 봉지를 샀다
꽃씨를 주머니에 넣고
돌아오는 발걸음은
이미 봄이다

몽실몽실 주머니에서
나누는 씨앗들의 대화..
'우리 어디로 가는 걸까?
마음이 아름다운 집
마당 한켠에 살았으면 좋겠어'

집으로 오는 내내
우리 집 뜨락은
마음이 아름다운 사람들이
드나드는 곳이라 자부했다만
난 부끄러웠다

돌아오는 봄날에는
이 꽃들이 피어나
아름답지 못한 나를
꽃이게 해주면 좋으련만

한 봉지 꽃씨는
그냥 묻히는 것도
꽃이 되어 세상을 밝히는 것도
있을 것이다

난 벌써
핀 꽃도 꽃이고
필 꽃도 꽃이고
묻힌 꽃도 꽃이라고
노래하기 시작했다

지나던 찬바람이 창가에 와
내 노래를 듣는 겨울 한복판
난 꽃씨를 안고 봄꿈을 꾸며
새봄을 그리워한다

어디쯤 봄이
오고 있다 생각하니
냉랭한 한기도 견딜만하다.

▌이환규

낯선 얼굴 외 2편

경기도 안양시 거주
대한문학세계 시 부문 등단
(사)창작문학예술인협의회 회원
대한문인협회 경기지회 정회원
시를 꿈꾸다 문학회 회원
현) 대한문인협회 상벌위원장
시를 꿈꾸다 제1.2.3집 참여
2020년 명인명시 특선시인선
2019년 향토문학상 경연대회 금상
2019년 대한문인협회 금주의 시 선정
2019년 한국문학 올해의 시인상
2020년 짧은 시 짓기 전국공모전 동상

낯선 얼굴 / 이환규

소중한 순간이 담긴
오래된 앨범
잊혀진 기억만큼
먼지가 쌓였다.

언제인지 아련하여
생각도 나지 않는 그날
어색한 표정으로
바라보던 하늘

새까만 얼굴로
흰 이 드러낸 너는
불만 가득한 눈으로
눈살 찡그렸지

도망치듯
먼 미래를 바라보는
밤톨 머리에
검정 고무신 신은 너

가지 않는 벽시계 속에
숨어서 살고 있는
나를 찾고 있구나

달그림자 / 이환규

밤거리 헤매는
번뜩이는 야수의 눈

이성 잃은 희미해진 눈은
어둠 속을 쏘아보고

못된 손으로 낚아채어
욕심을 채운다

사람의 얼굴을 감춘
짐승의 모습으로 사냥을 하고

아침이면 사람의 얼굴을 하는
나쁜 놈

세상 속에 숨는다고
보이지 않을까

나는 밤길에서
그들의 숨겨진 민낯을 만난다

어둠을 같이 했던 달그림자
부끄러워 고개를 숙이면

멀리서 새벽이
손짓한다.

선물 / 이환규

쏟아지는 햇살이
손에 담을 수 없을 만큼
가득합니다.

따뜻한 바람이
두 계절을 품은 하늘이
나란히 익어가고 있습니다.

구름 위 높아진 하늘
온 산을 물들인 수채화를
당신께 선물하겠습니다

쏟아지는 햇살이
손에 담을 수 없을 만큼
가득합니다.

▍임숙희

불어라 봄바람 외 2편

시인, 시낭송가
대한문학세계 시 부문 등단
(사)창작문학예술인협의회 회원
대한문인협회 경기지회 지회장
(사)한국문인협회 회원
「시를 꿈꾸다」 문학회 회장

대한문인협회 올해의 시인상(2014)
한국문학 작가상 수상(2015) / 한국문화 예술인 대상(2017)
순우리말 글짓기 전국 공모전 은상 수상(2017/2018)
한국문학 베스트셀러 우수상(2019)

저서 : 1시집 『가끔은 그렇게 살고 싶다』
　　　 2시집 『향기로운 마음』
여러 문인협회. 문학회 등 동인지 다수

불어라 봄바람 / 임숙희

한바탕 회오리친다,
이맘때면
겨울을 보내야 하는 아쉬움에
바람이 변덕을 부린다

물결 위에 반짝이는 부드러운 햇살은
변덕스러운 거센 바람에 요동치고
따사로운 햇살에 느슨해진 옷깃을
여미게 한다

옷깃을 풀었다가 동여 맺다가
엇박자에 춤을 춰도 괜찮다

움트는 나뭇가지를 거세게 흔드는
봄을 시샘하는 바람도 괜찮다

쏟아지는 햇살에 눈이 부셔도
지금 여기에
봄바람이 불어서 좋다.

내 마음의 노래 / 임숙희

내 마음의 노래는
호수 위에 햇살과 같이
찬란하게 빛나고 싶다

사랑받음에 감사하고
주는 사랑에 더 행복해하는
베푸는 사랑이고 싶다

내 마음의 노래는
지는 꽃잎의 등을 토닥이는
따뜻한 사람이고 싶다

보아주는 사람 없어도
은은한 향기로 미소 짓는
순수한 들꽃이고 싶다

내 마음의 노래는
나를 만나는 사람들 마음에
밝은 웃음과 맑은 행복이 샘솟는
마르지 않는 샘물이 되고 싶다.

따뜻한 커피 한 잔 / 임숙희

마음 열어놓고
이런저런 사는 이야기 나누고 싶은
사람이 그리워지는 날이 있습니다

연락 없이 찾아가도
환한 얼굴로 반겨주는
사람이 그리워지는 날이 있습니다

향기로운 커피향 가득 담고
흘러나오는 음악을
말없이 함께 듣고 있어도 좋을
사람이 그리워지는 날이 있습니다

괜스레
가슴을 파고드는 쓸쓸한 마음
따뜻한 커피 한 잔 나눌 사람이 그리워
전화기를 만지작거려보아도
그 누구에게도 머물지 않는 마음

손끝을 타고 가슴으로 퍼지는
따뜻한 커피 한 잔에
공허한 마음 살포시 놓아봅니다.

▌전숙영

연분 외 2편

전북 전주 출생
〈문학세계〉 등단
한국문인협회 회원
아가페문학회 회원
시를 꿈꾸다 문학회 회원
시향 문예대전 우수상
한국영농신문사 시부문 우수상
복지tv 방송대상 문화예술부문 시인상
전숙영시집 〈가슴앓이〉
〈침묵의 축제〉 공저
〈작고 하찮은 것들에 대한 경외〉 공저

연분 / 전숙영

마음을 내려놓되 글의 종지는 나의 것이 아니고
가야 할 길이 바쁘더라도 한걸음은 부러 돌아가라
붓으로 그리는 마음이라는 게
뻐근한 슬픔이자 살가운 행복이라서
만개한 꽃들과 춤추며
너를 위해 웃어줄 수도 있는 여름날 소나기 같더라.
하고 싶은 말이 많더라도 눈 한번 맞춰주면
금세 산고도 잊을 만큼 좋아서 속없이 또 종자를 배고
입덧을 하는 게 시인이더라.

볕바라기 / 전숙영

햇살 좋은 날에

장롱에 묻어둔 이불들을 거꾸로 널어 벌을 세운다.

잘못한 것도 없이 두들겨 맞고 종일 만세 부르고 있어도

헤벌쭉 주름살이 펴지고 이불들 낯꽃이 환하게 밝다.

잠자던 이불솜이 풀럭이고

솔기 사이사이 눅눅한 먼지들 삐져나와 한낮에 스며드니

문득 이 마음도 볕바라기를 하고 싶다.

솜이 뭉치지 않도록 훌훌 털어내듯

울적한 마음 햇빛에 말리니

구름이 놀다 간 양

햇솜처럼 포근포근 명랑하다.

한결 가벼워진 몸짓으로

빨랫줄에 대자로 누워있는 이불

마음속으로 꿀잠이 밀려온다.

기린토월 (전주 10경 중 제1경) / 전숙영

크고 작은 능선을 휘감으며
상서롭지 않은 기운으로
봉우리에 높이높이 솟은 달,
이른 새벽엔 소담스런 진주알로
전주시를 깨우더니
해 질 녘엔 포근히 흙 한 삽
퍼 올려 안는구나.
산 아래 옥양목을 펼쳐놓은 듯
뽀오얀 달빛이
기린의 넓이만큼 이어지는 기린봉 –
또렷이 드러나는 능선을 타고
걸음 쫓는 산짐승들의 두런대는 소리,
풀 속에 누워 몸을 비비대는 물소리,
시리도록 고운 달빛 타고
푸른 밤이 자꾸만 바스락바스락 –
정월대보름 기린토월 잡으러
기린봉에 올라서니
사연 많은 슬픔들 쓸어주듯
귀 밝은 소망달이 휘황히 밝기만 하여라.

▌정복훈

마음이 먼저 그대에게 외 2편

대한문학세계 시 부문 등단
(사)창착문학예술인협의회 회원
대한문인협회 서울지회 정회원
[시를 꿈꾸다] 문학회 회원
공저 : 시를 꿈꾸다1,2,3,4집 참여

마음이 먼저 그대에게 / 정복훈

노고단 밤하늘처럼
청아한 새소리처럼

싱그런 청보리 물결
그 밭에 살고 있는 바람처럼

여름날 소나기처럼
그렇게 내리는 빗방울처럼

가을날 오솔길처럼
노랗게 물드는 은행잎처럼

겨울날 찬 공기처럼
새벽녘 바라보는 별빛처럼

마음이 먼저 그대에게 갑니다
스며듭니다.

겨울이 오는 어느 날에 / 정복훈

향기 마당에
키 큰 상수리나무 3그루 있다
이른 저녁
산책 나온 아주머니
앞치마에 도토리 가득 주워가며
씨알이 크다고
도토리묵 해 먹음 맛나겠다 말한다
그리고
청설모도, 다람쥐도 상수리나무 아래
모여든다
도토리 갉아먹으며
자꾸 도토리가 없어진다고
이제 추운 겨울이 오는데
그 많던 도토리가 다 어디 가고 없다고
나뭇잎 떨어지고
찬 바람 불고
나도, 아주머니도, 청설모도, 다람쥐도

긴 겨울을 맞이한다.

바닷가 사람들 / 정복훈

도로변에 차 세워두고
훠이~~훠어이
돌멩이 던져가면서
물새 쫓는다.

멸치를 널어놓고선
바다처럼 푸른 삶을 널어놓고선...
돌멩이 던진다.

▌조은주

나를 꽃이라 불러준 그대 외 2편

경북 의성 출신
현대시선 시 부문 신인문학상 수상
현대시선 문인협회 수석이사
작가넷 추천 시인
달빛 문학회 정회원
젊은 시인협회 정회원
스토리 문학관 정회원
인터넷 문인협회 추천작가
시객의 뜰 정회원. 창간호 동인지 출간
시혼문학 정회원. 시혼 문학 창간호 출간
시를 꿈꾸다 정회원. 시를 꿈꾸다 3호 출간
시담뜨락 정회원
문사 사람들. 문학애 출판사 정회원
창작동네 시인선 22인의 감성연가 참여
저서 : 시집 『별은 내 가슴에』

나를 꽃이라 불러준 그대 / 조은주

잔잔한 미소
그저 말없이 가녀린 손끝
파리하게 떨리다 멈춘 사랑

그대는 나를
꽃이라 불러 주었고
눈물꽃 향기라 불러 주었지요

꽃비 날리던 날이며
느티나무 타 들어가던 날이며
붉은 잎새 떨어진 서글픈 날도

온전히 내 가슴속을
송두리째 훔쳐 간 사랑
그리고 눈물의 그리움

그대는 나를 꽃이라 했지요
가슴속에 흐르는
별빛의 눈물 같은 꽃이라고,,,.

겨울날의 그리움 / 조은주

그리워했다 말하리
그냥 말없이 부는 바람 소리

해 걷이 저물녘에
스쳐가는 노을빛 향기
님 그리워 소리 내는 바람처럼

행여 찾아올까
서성이는 마음의 빈 뜨락엔
살포시 내려앉은 잔설의 흔적

님 찾아 목놓아 우는
서녘 길손의 기러기처럼
외로움 깃털로 흘리네

겨울 그리움은
그렇게 숨죽이고
홀연히 서녘으로 넘고 있구나.

바람을 떠안다 / 조은주

덜 묵은 겨울 달
바람에 흔들릴 때

아직
봄 꿈꿀지 이러거늘
스치는 인연은
가슴속에 다가오는 바람

민둥산 허리춤에
머물다 가는 인생처럼

님의 향기
바람결 되어 살포시 안겨
하얀 꽃 너울에 숨겨진 사랑

어찌 우리는
바람을 떠안으려 하는지
그저 조용히
스쳐 가는 것으로 족하면 되지.

▌하은혜

겨울바다 외 2편

대한문학세계 시 부문 등단
(사)창작문학예술인협회 회원
대한문인협회 정회원
「시를 꿈꾸다」 문학회 운영위원
E-mail: lys_12 7@naver.com

겨울바다 / 하은혜

'희끗희끗'
세월이 흩내린 머리칼을 쓸어 넘기며

그대의 손을 잡고 찾은
철 지난 바다.

커피향 진하게 내린 카페에 들려
세월의 향도 함께 마셔본다.

사파이어 빛 보다 짙푸른 바다는
눈보다 더 하얗게 포효하며 뒤척이고...

간밤에 내린 눈에
바다를 끼고도는 헌화로*의 산허리도
희끗희끗한데

그 가파른 곳에서 붉게 피어나는
꽃 한 송이.

그대와 나의 가슴에도
저 겨울바다에도
더 붉게 피어나리라!

* 헌화로: 수로부인이 바닷가 절벽에 핀 철쭉꽃을 탐냈으나 아무도 응하지 않았다.
　　　　이때 한 노인이 그 꽃을 따서 드리며 부른 노래 '헌화가'에서 유래한 도로명.

시와 목련 / 하은혜

갓난 아가의 젖니처럼

봄 하늘 가득히
뽀얗게 돋아나는 목련의 꽃봉오리들.

저들을 피워내느라

목련은
아가의 잇몸처럼
얼마나 '근질근질' 몸살을 앓을까?

그녀를 바라보며

나도 내심 그녀처럼
시의 꽃봉오리들을 피워내는
몸살을 한바탕 앓고 싶다.

아카시아꽃 / 하은혜

까르르...
말똥이 굴러가도 웃음보가
터졌던 그 시절에

아카시아꽃도
우리를 따라서 하늘 가득
그렇게 웃고 있었다.

그녀를 한입 베어 물면
입안 가득 싱그러이 퍼지던 향기

그 추억 속에
우리는 아카시아 껌의 향기를
베어 물며 커 갔고

또다시 오월이 오면
추억의 한편에서
새록새록 피어나는 그녀가

그리움이 되어

가슴속, 가득
하얗게 하얗게... 흩날리리라!

한천희

달빛에 우는 강 외 2편

경기도 동탄시 거주
대한문학세계 시 부문 등단
(사)창작문학예술인협회 회원
대한문인협회 정회원
한국문인협회 정회원
시를 꿈꾸다 문학회 회원
대한창작문예대학 졸업
문예창작지도자 자격 취득

달빛에 우는 강 / 한천희

나른한 봄날 구름이 산에 걸려 졸고
햇빛이 강물에 속삭이는 윤슬이
사랑 노래로 백사장에 숨어든다

도망자처럼 흘러가는 강물이
그 옛날 전설들의 숨소리를
철썩철썩 강가로 밀어내고

강기슭 나룻배에 손님이 차자
순례자의 노랫가락이 물결을 치고
강물을 거슬러 오르던 바람결은
흐르는 세월에 묶여 따라 흐른다

그 옛날
백마의 비명에 슬피 울던 새는
낙화암 솔가지가 부러지자
나르는 것을 잊고 강물에 떨어졌다.

달빛이 지나가다 머무는 그 자리
부소산 휘도는 바람 소리가
삼천 가락으로 운다

포박당한 나룻배가 눈물에 차이고
갈대의 흰머리가 서럽다고 울면
백사장에 남겨진 발자국이 하나둘 지워져
모래 틈에 숨어든다.

목련 / 한천희

봄의 햇살에 나른한 설레임
아지랑이 부서지는 신기루 속
하얀 미소로 피어나는 너의 넋

소리 내서 울지 못한 비가
바람 속에서 더 슬프게 울 듯
이별 없이 떠나 버린 사랑은
분노보다 더 진한 그리움으로 남았다

돌담길 돌아있는 그 집 앞에 봄이 오면
잊어버린 기억이 거리를 헤매다
기다림처럼 서 있는 하얀 그리움에
발길을 멈춘다.

가을이 지는 풍경 / 한천희

모두가 떠나고 비어있는 들판에
지친 허수아비의 구멍 난 모자가
휙 바람에 허공으로 떠 오르다 떨어지며
속여 왔던 허상을 고백한다

죽음으로 말라버려 가벼워진 풀꽃이
살아오며 흘렸어야 했던 땀의 냄새가
갈색 향기로 허공에 한 줌 한 줌 맴돌고

억척같은 천덕꾸러기 아낙의 삶이
텅 빈 가슴으로 산야에 서서 울고
늙어가는 세월로 하얗게 변해버린
인생이 바람에 휘날린다

사랑은 빨간색 그리움은 갈빛색
그리고 행복은 노란색
인생을 그려 봤자 겨우 삼색뿐인
가을이 옷을 벗어 슬픈 색을 칠한다

내 울음으로 태어나 어미의 눈물로
살고 자식의 슬픔으로 돌아가는 인생길.

아무도 없는 광야에 봄부터 뿌리를 내린
들꽃이 찬 서리에 사라져 가는 이름 없는
죽음을 애도하러 노란 꽃으로 피어나
가을의 들판을 지키고 있네.

▌홍승우

butter 외 2편

대한문학세계 시 부문 등단 2018년
(사)창작문학예술인협의회 회원
대한문인협회 경기지회 정회원
[시를 꿈꾸다]문학회 운영위원
(사)글로벌작가협회 사무총장

butter / 홍승우

죽은 듯 고요하던 나무가
한 며칠 따뜻한 바람에
가지마다 하얀 꽃을 빼곡하게 맺었다

매일처럼 걷던 길가에 서서
겨우내 눈길 한 번 준 적 없는 내게
꽃 한 다발 쑥 내밀다니

노래하지 못하고 춤추지 못하여서
있음을 인정받지 못한 시간에도
비바람 맞고 천둥소리 들으며 겨울나던

울컥 솟구쳐 오르는 봄으로 눈물 흘리게 하는
네게 눈길 가는 네가 꽃피운 오늘 꽃비를 맞는다

버텨볼 만하다

그림자로 태양까지의 거리를 재던 시절이 있었다 / 홍승우

필요한 건
나무 기둥 하나와
넓은 벌판
모래 위에 쓸 돌조각 하나

그리고
태양까지 갈 수 있는 상상력이 전부

가늘게 뜬 눈으로 기둥 위에 올리고서
그림자의 길이를 재었겠지

실감하지 못하는 거리를 헤아리고
어두워진 세상을 보며

그제서야
별은 그림자를 만들지 않는 것을 깨달았겠지

반하다 / 홍승우

반했다

그래서 부족했다
늘 나는

너에게 그리고
내게

시 문학

시를 꿈꾸다 4

시를 꿈꾸다 동인 시집

2022년 6월 8일 초판 1쇄
2022년 6월 10일 발행
지 은 이 : 임숙희 외 38인

강석자 김기호 김달수 김미영 김병모 김영애 김인수 김종각
김종익 김현도 김희경 김희추 남궁영희 문영수 박경남 박성금
박정기 배근익 서기수 서홍수 심경숙 양영희 양현기 오필선
오흥태 원대동 이만우 이명순 이송균 이종훈 이현천 이환규
임숙희 전숙영 정복훈 조은주 하은혜 한천희 홍승우

엮 은 이 : 임숙희

디자인 편집 : 이은희

기 획 : 시사랑음악사랑

연 락 처 : 1899-1341

홈페이지 주소 : www.poemmusic.net

E-Mail : poemarts@hanmail.net

정가 : 12,000원
ISBN : 979-11-6284-373-4

저작권자와 맺은 특약에 따라 검인은 생략합니다.

잘못된 책은 교환해 드립니다.